이렇게 환한 날에

고요아침 운문정신 039

이렇게 환한 날에

배우식 시조집

고요아침

어느
이른 아침,

길 바깥으로 길이 자라는 것을
나는 보고 있었다.

방금 전
그 캄캄한 길에 불이 켜졌다.

환한 빛으로
타오르게 해주신
독자에게
감사드린다.

2021년 3월
배우식

| 차례 |

제1부

제2부

제3부

제4부

제5부

제 **1** 부

달빛 한 접시

어떻게
알았을까?

당신 몸 비밀번호.

산새가
콕콕 누르자

철커덕, 네가 열린다.

안에는
달빛만 한 접시,

보는 눈 가만
환해진다.

무지개

투명한 기차들이
산 아래 놓여 있다.

칠월의 비바람에
날아든 꽃잎, 꽃잎들.

열차를
빨강, 물들인다,
빨강 다음엔 주황, 노랑.

순서대로 초록, 파랑,
남색, 보라 물들인다.

비 그친 후 저 일곱 기차
후, 하고 불어본다.

하늘로
올라가는 기차,
차례대로 줄 서 있다.

어여쁘다, 모과

그 누가 이 얼굴을
뭉개고 구기는가.

울퉁불퉁 기가 차서
웃음 한번 터뜨리는데,

흙바람은 또 어쩌려고
누런빛 쏟아붓는가.

내 얼굴 기가 막혀
더 큰 폭소 터뜨리는데,

누군가 던지는 말에
폭포 같은 눈물 쏟는다.

"예쁘다, 모과 향 사람"
천지간이 새콤하다.

연꽃

진흙탕 물속에서
분홍 등이 올라온다.

한 잎 두 잎 꽃잎 열리자
고요하게 퍼지는 빛.

어머니,
분홍 얼굴에서도 그런 빛이 퍼진다.

저 여인 시장판에서
진창의 삶 살아가도

흙탕물 물들지 않고
맑은 빛 켜들고 있다.

그녀는
어찌 저리 환한 꽃 피워내는 것일까.

무심하면 등불의 꽃,

피어남을 이제 알겠다.

향기로운 빛의 물결
내 안 가득 출렁인다.

나 또한
당신을 바라보며 꽃망울 등 올린다.

분재 매화

1.
온몸이 휘어지고
또 한참을 굽어져야

비로소 꽃봉오리
터뜨리는 매화나무.

지나온
내 한평생이
비틀려도 환하다.

2.
화분 속 굴곡진 생
뉘엿 지는 분재 매화,

떨리는 손 유서 쓰듯
허공에 글을 쓴다.

단 한 번,
한 번만이라도
뒤틀어지지 않았으면.

오리 가족

네거리 한복판을
점령한 병사처럼

꽥꽥 구령 붙이면서
오리 가족 횡단한다.

일순간
귀 찢는 경적,
차보다 먼저 달려온다.

맨드라미 다급하게
레드카드 들어올린다.

멈춰선 자동차 앞
걸어가는 한 줄 오리.

저 줄 끝
나, 엉덩이 한껏
치켜세우고 따라간다.

구부러진 못

— 겨울 노숙인

망치 같은 세상 바람 얼마나 맞았으면 구부러진 몸 하나가 바닥에 박힌 채로 꼼짝달싹 하지 못한다.

꼬부라진 몸속 가득 위험하게 굽은 생각 얼음처럼 굳어 있어 펴질 줄을 모르는데, 봄 같은 가슴으로 저 사내 끌어안고 가만히 기다리자 새싹으로 올라온다.

남자의 곧게 펴진 몸에 연두 잎 생각 돋아난다.

하얀 발자국
— 피안을 찾아서

산 돌아,
돌아 나온

눈 위의 하얀 발자국.

버리고 간 것일까,
흔적 없이 다 녹는다.

공空으로
건널 수 있는 강,

한 사내가
노 젓는다.

복어

헛배 빵빵 부풀리는 내 친구 복허풍씨.

무섭지, 나 무섭지? 작은 입 종알종알 큰 이빨 빠각빠각 처음 보는 사람에겐 배 내밀며 을러댄다. 달처럼 태양처럼 둥글둥글 둥근 것은 허리 꺾지 않는다는 상상력 부풀리며 이 세상 진짜 왕은 둥근 배 자기라고 저 친구 허공으로 헛장 팡팡 쏘아댄다. 정말로 치명적인 맹독의 화살 대신 친구는 내 친구는 왜, 저리 허풍 떨까? 풍선 배 팽팽 탱탱 터질 듯 부풀리며 우쭐우쭐 건풍 치는 친우의 저 모습에 길 가던 모든 사람 대소 폭소 터뜨린다.

그래도,
허풍은 벗의 힘 그것 또한 사랑한다.

열렬한 칸나

1
이 가을 태풍 마이삭,
홀로 견딘 여인 한 사람.

쫄딱 젖은 몸을 털고
손끝에서 화염 돋운다.

켜졌다,
꺼지는 불꽃
가을비 또 쏟아진다.

2
눈길 주어 뜨겁지 않은
사람 또 어디 있을까?

아내의 눈 속에다
열렬 홍학 넣어준다.

마침내,
홍학 날아올라
불꽃 다시 피운다.

호박꽃

터질 듯 팽창된 볼 한층 더 부풀리며 고요히 고요하게 폭소를 터트렸다, '예뻐'라고 말했을 때.

순하게 순진하게 웃음을 터트릴 때마다 캄캄한 내 하늘엔 환한 별 떠올랐고 아으흐 호박벌처럼 호박꽃 꽃 속에 빠져 꽃가루 뒤집어 쓴 채 자지러지는 절정을 느꼈었지 맛보았지, 정신을 차린 후엔 그 예뻤던 꽃잎이 커다란 입으로만 보이는 저 마누라.

그래도 그때보다 더 환한 그런 사랑 있었을까.

반딧불이

한 여자 벌판 달려

숲속으로 들어갔다.

얼마 후,

산을 펼치자

불 켜고 날아올랐다.

그 밤엔

새 울음소리,

다 보일 만큼

환했다.

햇빛의 출처

놀빛으로 저녁 바달
닦아주는 석양에게로

와와와 몰려든다, 오쫄대는 물고기 떼.

머리 위
붉은 해 얹고,
선헤엄도 치곤 한다.

바닷속 깊고 어둔 곳
물고기들 내려가자

일제히 태양 속에 풍선 불듯 입김 분다.

밤새워 불고 있으면
햇빛 되어 출렁인다.

환하게
부푸는 떨림,

나에게도 전해진다.

부르튼 입들 모여 해를 밀어 올리는 새벽.

빛나는
물고기 떼 눈물,
나도 가만 젖는다.

목련꽃

저토록 눈부시게
피어 있는 하얀빛 종.

순백색 그림물감 길어 올려 주조했는지

허공은
흰 물감 같은 종소리에 젖는다.

가지마다 매달린 종
햇빛 같은 소리 쏟아

아픈 사람 구두 속을 소복하게 채워놓는다.

상쾌한
발을 기다리던 어두운 신발 빛난다.

종을 세운 중심에서
빛으로 된 저 종소리로

가지처럼 자란 슬픔 고요히 녹여낸다.

이 풍경,
불어오는 사월 캄캄한 귀가 환하다.

가을역, 단풍나무

산비탈 간이역에 도착한 저기 저 남자,

들꽃들이 바라보는 해처럼 눈부시다.

사내의 내부에선
붉은 빛 끓고 있다.

시어의 잎사귀란 잎사귀는 죄 불이 붙고,

한 사내가 시조 한 수 뜨겁게 뿜어낸다.

벌겋게, 시뻘겋게 핀
시구들이 타오른다.

수천 잎 등불 켜고 비탈길 지키는 너,

네 속에 뛰어들어 어느새 하나 된다.

내 안의 뼈 녹인 붉은 빛,
시조 한 채 토해낸다.

해를 싣고 오다

캄캄한 태풍 바다 먼 바다로 배를 민다.

떨리는 손 쪽배에서 허공으로 미끄러지는 그 순간에 폭발직전 폭탄처럼 터지려는 울음을 꾹 참느라 목멘 나는 말이 없고, 강풍에 흔들리는 아내는 내 간절함을 꼭 쥐고 말이 없다. 췌장종양 수술실바다, 몰아치는 폭풍우로 한 치 앞이 보이지 않는 난바다를 항해한지 얼마나 지났을까. 아내가 느닷없이 뱃전에 해를 싣고 내게로 되돌아와 환한 말천 번 되뇐다.

모든 게 환하게 보여요, 이 세상도 당신도요.

제2부

수평선

하늘과
저 바다의

입술이 맞붙어 있다.

허공 한쪽 바닷새들
부리로 쪼아보고,

고래가
들이받아도

열지 않는다.
저 큰 입.

포도

말갛고 말랑말랑한
내 안의 작은 우물.

누가 돌을 던질 때마다
동그라미 그려서일까.

원형의
겉모습보다

속생각 더 동그랗다.

멀리서 나 좋다고
찾아오는 사람에게는

바람 소리 햇빛 담은
알맹이 다 내주고도

까만 밤
별처럼 콕 박힌

마음씨까지 죄다 준다.

갯씀바귀

앞으로 갈 수 없고 뒤로도 갈 수 없는
여기가 어디냐고 나는 지금 울부짖는다.

아득한 해안 절벽을
버티는 두 발 쓰리다.

하도 아파 얼떨결에 노랗게 꽃을 피운다.
벼랑에서 피는 꽃이 젤 곱다고 말하지만,

그 말은 말짱 거짓말,
이렇게도 처절한데.

그래도 난 괜찮다, 바닷새 바라볼 때,
그때 잠깐 새가 되어 날갯짓도 하곤 한다.

안부를 묻는 바람에겐
눈물 한 잔 건넨다.

수채화처럼
— 치매 앓는 누님에게

갑자기 캄캄해진 속,
붓 들고 뛰어내린다.

당신 안에 들어가서 햇살에 별빛 섞은 환한 색 물감 찍
어 가늘고 긴 붓질로 여기저기 사방팔방 바르고 덧칠하여
지나온 길 살려내어 잊고 있던 옛날 발자국 화선지 위 수
채화처럼 곱게도 피어나는 걸 가만히 바라본다.

당신의
저 발자국 소리 은박지처럼 환하다.

소소산 단풍

어떻게 살아야만 저리 곱게 타오를까?

그 새빨간 색도 말고 샛노란 빛도 말고 설악산 가리왕산
형형색색 첩첩 단풍 언감생심 꿈도 못 꾸고 저기 저 작은
저 산 단풍나무 숲길 한 쪽 하나의 잎이 되어,

소소산
붉게 타오를 때 나도 한 번 활활, 활활.

별

1004호 병상에서
곤히 잠든 내 아버지.

투명 날개
침대 밖으로

슬멋 뻗고 날갯짓한다.

화다닥,
갑자기 피어난
두 날개가 하늘 난다.

창백한 내 얼굴도
그 뒤를 따라간다.

아직도 눈에서는
눈물 펑펑 쏟아진다.

밤하늘
콕 박혀있는 별,
아버지가 반짝인다.

새, 파란

허공 걸어, 걸어 들어간
한 사람의 굴참나무.

산새들 날아오자 심장이 고동친다.

한순간
설렘을 돌아

돋아나는
수천 날개.

내 손은 바람이 되어
저 나무 새 밀어 올린다.

파란, 파란 날갯짓 소리 공중에서 펄럭인다.

아버지…
소리쳐 부른다.

반짝! 빛나는
새, 파란.

매미 그리고 나

매미가 등에 붙어 애절하게 울고 있다.

내 몸이 나무였음을 어떻게 알았을까? 한쪽부터 바싹바싹 말라가는 등을 잡고 소낙비 빗소리 같은 울음으로 다급하게 내 발등 씻기고 있다.

꼿꼿한,
수직의 삶이 수평으로 기운다.

여름밤

1
맑고 깊은 여름밤을 한 숟가락 떠먹는다.
깜깜한 내 눈에서 별 하나 떠오르고,

어느새 절벽의 길 모두,
별빛 뒤로 사라진다.

2
풀숲에서 여름밤을 또 한 숟갈 떠먹는다.
먹빛 같은 가슴에서 반딧불이 돋아나고,

암흑에 갇힌 몸이 비로소,
엷은 빛을 내고 있다.

3
어둠 속 떨고 있는 벗을 보면 눈물 난다.
몸 벗어 친구에게 등불처럼 걸어주는 걸

고요히 앉아있는 달빛
밝은 눈으로 바라본다.

풍란

벼랑 끝 흔들리는
허공의 뿌리 하나,

맹수의 발톱처럼
거친 바위 움켜쥔다.

풍란의 가슴속에는
독이 가득 자란다.

제 안에 독 품는 건
죽을힘 다한다는 것.

바람의 담금질과
메질에도 끄떡없이

끝끝내 피워 올린 흰 꽃,
한 권의 시집이다.

개똥쑥

거리의 사람들이
이리 뛰고 저리 뛴다.

길은 문득 러닝머신
뛰어봤자 그 자리인데,

차라리,
개똥쑥으로 서서
꽃피우는 게 낫겠다.

환한 길
— '김광석 다시 그리기 길' 위에서

비, 비가
쏟아진다,

노래비가 쏟아진다.

길 위에는
별이 만 개,

밝은 빛이 넘쳐난다.

환하게
애절한 저 길,

그대에게로 달려간다.

바다는 젖지 않는다

― 세월호 참사 앞에서

1. 어여 와!

배에 갇힌 딸의 비명 막 터진 그 아침에
애태워 속이 텅 빈 쪽배 같은 저 아버지.
바다 위 홀로 떠다니며 절규한다, 어여 와!

2. 비가 온다

통곡의 비가 온다, 바다는 젖지 않는다.
딸 잃은 아비만 젖어 팽목항 떠다닌다.
비애의 울음이 타는 저 앞바다, 비悲가 온다.

3. 노랑나비

열일곱 문득 꺾인 연약한 꽃봉오리.
울음을 터뜨리며 꽃빛이 날아올라
내 꿈속 나비로 날아온다, 환시인 듯 노랗다.

4. 용서

울며 떨며 기다리다 숨 막혀 떠난 딸아.
용서란 말 쓰고 써서 가슴 뻥 뚫렸어도
절대로 용서하지 마라, 큰 죄인인 이 아비를

노란 사각형

누군가 부욱 찢어 내던지는 파지처럼

점자블록 끊어진 자리,
나는 문득 버려진다.

길 잃은
흰 지팡이도 꼬깃꼬깃 구겨지고.

눈멀면 속울음만 무성하게 자라는가.

떨어지는 눈물마다
투명한 귀가 나와

땅바닥
노란 사각형, 그 바닥에 붙어 있다.

우리 함께 길이 되자는 음성이 들려온다.

캄캄한 거리에서

눈이 된 저 사각형.

나 또한,
너처럼 누워 사람 발길 이어준다.

* 시각 장애인의 안전한 보행을 유도하기 위한 점자 블록.

달빛 이발소

아버지는 가위 하나로
세상 근심 잘라낸다.

머리카락 자를 때마다
제 안의 오욕칠정을,

집착을
싹둑 잘라낸다,
그 빈자리에 달을 단다.

몸에서 감자 싹처럼
돋아나는 아버지의 빛.

이발소 가득한 달빛,
칠흑 세상 밝혀준다.

한밤중,
아버지 몸을 지나
둥근 달 하나 내게 온다.

검은 비닐봉지

막다른 골목으로
추락한 한 마리 새,

잔바람* 들이쉬며
얇은 숨 쉬고 있다.

저 새가 문득 날개를 치자
납작한 몸이 부푼다.

괴력은 절박하게
바닥 칠 때 나오는가.

바람을 가득 품고
솟구치는 새까만 새.

구겨진 생이 확 펼쳐지고,
어느새 높이 난다.

* 잔잔하게 부는 바람.

조약돌

냇가에
모여 앉은

까까머리 동자승들,

물결이
일 때마다

반야심경 독송한다.

둥글게
둥글어 가는

음성까지
반짝인다.

제3부

매화꽃

꽃 하나 필 때마다

그 소리 들리는지

고개를 높이 쳐들고

매애애梅愛愛
답하는 염소.

어느새,

염소의 눈 속에도

매화꽃이

피어난다.

가랑비

그리고 바람 불어

감꽃 문득 떨어진다.

뒤따라 뛰어내리는

가느다란 가랑비 천 줄,

무언가
간절한 문장 같다,

떠는 감꽃 다독이는.

사과나무, 여자

밤늦도록 나무 밑에
앉아 있는 여인 하나,

아침 되자 저 여자는
사과나무 되어 있다.

어느 밤
꽃잎 터뜨리고,
파란 등 몇 알 매단다.

이 세상 천둥 폭풍,
고요히 버텨낸 여자.

가을 속 플러그 꽂고,
빨간 사과 등불 켠다.

그 밑에,
가만히 앉은
나도 붉게 불 켜진다.

구름 아이스크림

구름 아이스크림,
파는 가게 찾아간다.

빅컵을 주문해서
어머니께 드려본다.

별안간
틀니가 활짝,

환한 꽃처럼
피어난다.

구름이 녹는 줄도
모르고 드시다가

아, 그만 엎지르신다,
소나기가 쏟아진다.

어머나!
외마디 속으로

엄마 눈동자 톡,
떨어진다.

신명난 한때

주인 나간 마당에는 장대비가 쏟아진다.

마당 온통 주룩주룩 빗소리로 가득한데 여기저기 인해
전술 저기여기 백만 대군 새파랗게 올라오는 풀의 기세 당
당하다. 흠칫 놀란 작달비가 빗소리를 줄여가자 일제히 일
어서는 마당의 패랭이가 엉덩이 들썩들썩 어깨동무 춤사
위로 신명이 절로 난다. 못난 놈들은 서로 얼굴만 봐도 흥
겨워* 온몸을 끌어안고 비벼대며 나뒹군다. 신도 흥도 떡
이 차서 아으흐 아으아흐 환희 함성 내지르는 질경이, 민
들레가 사방에서 꽃 피운다. 뚝새풀, 바랭이의 귓속에도
꽃피는 소리 가득하다. 서러운 땅 천둥쳐도 무서울 것 하
나 없다. 가래, 쑥, 쇠비름, 강아지풀의 한바탕 춤추는 소
리가 꿈속에서 와자하다.

이 세상,
주인 없는 마당
저 민초들이 신명난다.

* 신경림 시인의 「파장」에서 일부 차용.

초승달
— 첫 사랑

손톱만 보여준 뒤
슬며시 떠나가는

당신을 쫓아가다가
아, 그만 헛디뎠다.

울음 속,
깊게 빠졌고
그때 흠뻑 젖었다.

겨울 소나기

머리에 비애 구름
이고 사는 울 아버지.

쩍 벌린 큰 입에서 울음 비 쏟아진다.

저 속에 손 넣어본다,
만져지는 상형 문자.

슬픔 새긴 그걸 반쯤,
해독하고 바라본다.

금방 백 촉 등불 같은 얼굴을 한 내 아버지.

여보쇼, 댁은 누구슈?
나를 빤히 쳐다본다.

치매가 저다지도
깊고 깊어 나도 아프다.

봄빛 같은 두 손으로 눈과 입 씻어주는데…,

겨울이 소나기 쏟는다,
그리 우는 바보 있다.

진달래, 진달래꽃

가지 끝 문을 열고
붉은 꽃 걸어 나온다.

사월의 하늘 아래 활짝 핀 진달래꽃, 빨갛게 불타오르는
저 여자가 산 한가운데 성냥 확 그어댄다. 온 산에 불이 붙
어 꽃불이 타오른다.

저 꽃불
내 언 몸에도
옮겨붙어 타오른다.

무심의 바다

집착의 뼈, 욕망의 살 훨훨 다 날려버리고 한마디 말도 없이 무심의 그 바다로 물이 되어 흘러간다.

일체의 번뇌 망상 사량 분별 텅텅 비운 저 바다는 거울로 누워 솔솔솔 솔바람이 솔나무 숲속에서 늦가을 밤하늘로 아득히 날아올라 작은 별 하나하나 깨끗하게 닦아내는 환한 풍경 담고 있다.

별들이 전원을 켜고 빈 바다를 밝힌다.

민들레꽃

버스가 지날 때마다

민들레는 흙투성이.

온몸 휘청 휘어져도,

벌떡벌떡 일어선다.

이 세상

가장 처참할 때,

피는 꽃은 외려

더 곱다.

아득한 새

― 어머니, 먼 길을 가시다

캄캄한 허공에서
폭설이 쏟아진다.

눈 덮인 저 공중을
건너가는 새 한 마리.

하얀 옷
입고 가는 어머니,
눈 밟는 소리 들린다.

아무리 퍼내어도
또다시 쌓이는 슬픔,

고장 난 내 몸에서
울음이 터져 나온다.

세상이
텅 빈 것 같다,
내 전원이 꺼진다.

둥근달

1
산 위에 걸려 있는
저 달은 둥근 목탁,

고요채로 두드리면
더욱 더 고요해져

소리는 빛으로 퍼진다,
산새들이 독경한다.

2
텅 비어 가득한 산
목탁소리 범람한다.

언 몸에 금이 가고
환히 열린 내 입술이

방*처럼 달빛소리 쏟자
겨울 문득 따뜻하다.

* 목탁.

얼룩바다뱀

한 여자* 지폐 물고 고개 빼꼼 내미는데,

어마나, 깜짝이야. 저 멀리 경찰들이 구름처럼 몰려와서 가슴 연신 콩닥콩닥 온몸 연방 부들부들, 잽싸게 재빠르게 염전 속 잠수하여 요리 입술 조리 돈을 세어보고 살펴본다. 눈치 빠른 나였기에 입에 문 돈 괜찮았지 자칫 큰일 날 뻔했다고 종알종알 중얼중얼 저 여성이 지껄인다. 사방 잠시 조용하여 노예 같은 지적 장애인 친친 몸을 감으면서 굵고도 기다란 몸 이리 꼬고 저리 꼬며 부부 인연 맺자하고 날름날름 꼬드긴다. 범죄 단속 피하려고 거짓 혼인 하는 줄을 그 누구도 모를 거라고 뾰족 입 내밀면서 저 여인 해해해해 섬뜩 웃음 터트린다.

분노가 활활 타오르며 폭탄으로 바뀐다.

* 지적 장애인의 노동력을 착취하고 단속 피하려 거짓 혼인신고까지 한 60대 염전 주인.

73

산벚나무

한때, 내 안에 살던
딱따구리 날아가고

뻥 뚫린 구멍 속으로
보름달빛 스며든다.

깨끗한
산새 지저귐 같은
달빛 가득 차오른다.

내 몸은 만발하여
전구처럼 불 켜지고,

그 환한 힘에 기대
날개 활짝 펼쳐본다.

흑성산*,
환히 밝히며
내가 훨훨 날고 있다.

* 충남 천안시에 있다.

설산

저 산의
순백색 그림,

누가 그린 그림일까?

돌돌 말린 고요 풀려
눈부시게 피어난다.

수다에
떠들썩해진 몸,

저 속으로 스며든다.

나는 개망초다

　지천으로 꽃을 피워, 흐드러지게 꽃을 피워 잘 익은 씨앗들을 머리에 이고 있다, 내 머리에 이고 있다.

　서리서리 한이 얽힌 위안부 할머니들 서러운 눈동자 되어 바람에 저 바람에 분노의 씨앗들을 한꺼번에 날려 보내 아BE 신zo 머릿속에 빼곡하게 뿌려놓아 개망초로 뒤덮으리.

　다시는,
　오류의 역사 자라나지 못하도록.

제4부

질경이

밟히고 밟힐 때마다

온 몸에 멍이 든다.

조금만,
조금만 더

참아야지,
참아야지…

그렇게

참고 견디면

큰 상처도 꽃이 핀다.

옛 우물

나에겐 아름다운 우물 하나 있었네, 별빛 품은 우물 안을 바라보는 것만으로도 내 꿈은 반짝였네.

환한 얼굴 우물에게 떨리는 목소리로 '사랑해' 라고 말하면 맑은 물빛 음성으로 '사랑해' 라고 화답했네, 내 안에 우물 풍경 피어난 그 시간은 하염없이 흘러가고 화사한 그 우물은 어디론가 철거되어 찾을 수가 없었다네.

아직도 난 나의 옛 우물,
그녀 찾아 헤맨다네.

김 씨의 어느 날

김 씨가 보란 듯이 로또복권 손에 들고 일등 당첨은 떼 놓은 당상 어깨 으쓱 폼 잡으며 희뜩번뜩 걸어가는디…

어마나 깜짝 놀라라! 눈총 쏘며 걸어오는 아내에게 딱 걸리자 가슴이 콩닥콩닥 사지는 후들후들 한 발짝도 떼지 못하는디 '인간아 이 인간아 니가 구실을 혀냐, 그렇다고 돈을 버냐, 돈을 벌어! 쓸데없이 쯧쯧쯧…' 마누라 말 폭탄 에 부도난 중소기업 전직 사장 김 씨는 맥없이 쓰러진다, 원과 한이 생기면 구천을 떠돈다냐? 종로에서 광화문에서 눈길은 구천 허공 밤늦도록 떠돈다. 반쪽으로 쪼그라든 칠 십 노구 저 김 씨가 새벽녘에 사리살짝 대문 열고 들어서 는디… 마누라 내달려와 반갑게 맞이하며 슬프고도 처절 한 말 김 씨 귀에 확 붓는다, "아! 여보 당신 이제 정말로 사람 됐네… 돈도 벌러 다니고."

김 씨는 벼랑에 선 나무 울음 몇 잎 밀어낸다.

만월

나이가
든다는 건

속을 다 비우면서

그 비운
그 자리에

둥근 빛 채우는 것.

둥글게
빛나는 노인
모난 사람 비춘다.

아득한 성자

— 설악 조오현 큰스님께

오장육부
다 비우고,

바람으로 날아간다.

공중에서
덩실덩실,

허공에서 춤을 춘다.

창공엔
아득한 성자,

맑은 햇살로
내려온다.

놀빛 꽃
― 영광노을전시관에서

눈부시게
피어 있는

사진 속 저 놀빛 꽃,

내 안의
어둔 바다로

고요히 뛰어든다.

한가득
차오르는 빛,

온몸 샅샅이
꽃밭이다.

은빛 깃털

아버지가 새를 입고
숲속으로 걸어간다.

아무런 말도 없이
그 모습 바라본다.

저분이
남겨놓고 간
발자국 같은 깃털 하나.

마지막 뒤돌아보고
아버지 날아간 후

나는 한 개 깃털 되어
빠끔히 하늘 본다.

큰 울음,
터져 나오려고
나 흔들리며 출렁인다.

석란꽃

내 안의 허공에서
태풍 일어 아픈 날은

더 세게 천둥 치는
기암절벽 찾아간다.

상처는 더 깊은 상처와
마주쳐야 잘 아문다.

오늘은 고통에 대해
벼랑에게 묻지 않고,

막 꽃피운 석란꽃의
말 없는 말 들어본다.

방하착*!
집착은 고통,
많은 상처 만든다.

* '집착하는 마음을 내려놓다'라는 뜻의 불교용어.

뿔난 손

백지 위에 뿔난 손이 짙게 그린 금수 화상.

나약한 경비원이 저 날짐승 입주민에게 구타당해 우는 소리 환청처럼 들려온다. 불끈 쥔 돌주먹에 노기가 가득 차올라 짐승 그린 저 종이를 때리고 두들기고 박박 찢어 손에 쥔다. 떨리는 성난 손이 성냥불 번뜻 켜서 그림 끝에 불붙인다. 붓으로 검게 그린 폭력 맹수 갑질 금수 그 짐승이 타오르고 독기 서린 노여움도 재가 되어 날아간다.

이제는
주먹을 펴고 연꽃 하나 피운다.

매미

공명실 울림으로
가득찬 내 어머니.

한여름 산에 올라 참나무 줄기 아닌

참혹한
내 실업의 한낮,
멱살 잡고 통곡한다.

바람 불면 비명으로
번지는 온갖 나무들,

시위하듯 잎과 잎을 부딪치며 마구 흔든다.

목쉰 산
마른 골짜기,
타는 울음 흘러간다.

햇빛 감고 반짝이는
울 어머니 저 울음은

이 세계 한복판에서 울리는 우렛소리다.

처절한
그 울음 들으며,
다시 발끝 힘을 준다.

별빛 찬란

먹구름 수런거리며
저만치서 몰려오자

밤하늘이 잔별 담긴
통 하나 엎지른다.

도라지,
꽃밭의 저 별들
활짝, 활짝
숨 고른다.

보랏빛 흰빛으로
빛나는 한낮 별들,

나에게 고개 돌려
따뜻한 눈길 준다.

캄캄한
내 몸에도 별빛,

색색으로
물든다.

이 바다가 바다인가?

원유를 쏟아 붓는
악마 같은 탱커 선장.

온몸에 검은 기름
뒤집어쓴 저 바닷새.

노도는
흰 거품 물고,

쏴아, 쏴아 절규한다.

남몰래 합성수지
내던지는 새까만 손.

콧속에 플라스틱
빨대 박힌 바다거북.

천둥은
아우성치고,

물고기 떼 울먹인다.

따뜻한 눈이 쏟아진다

허공에서 쏟아지는
솜 같이 포근한 눈.

밖으로 뛰쳐나가
한참을 바라보네.

하얀 눈
쌓여가는 소나무,
새의 맨발 감싸주네.

누군가를 아껴주는
이 풍경이 보기 좋아

저기 저 소나무처럼
오래 팔 벌리고 서 있네.

내게도
피어나는 눈송이,
사람의 맨발 덮어주네.

심해

온종일 해 들지 않고 어둠만 출렁이는 방.

밤 같은 캄캄 지하방 벽지 타고 새까맣게 내려오는 저 곰팡이 느릿느릿 움직인다. 블롭피쉬 누워 있고 털아귀, 귀신고기 큰 입만 쩍 벌린다. 아내 이름, 저 딸 이름 하나씩 불러가며 사내는 가족들에게 조용히 다가간다. 내쉬는 숨결마다 울음 냄새 진동한다. 어둠 속 오래 사는 사람의 아픈 눈 속 가만히 들여다보면 눈물 파도 솟구친다. 울울하게 변해가는 식구들 등에 업고 햇빛 밝게 쏟아지는 문 밖으로 헤엄쳐 간다.

햇살이
캄캄 눈 속에서
글썽글썽 돋아난다.

다시 진달래꽃

사월에 어머니라는
고운 말 불러본다.

입안에 애절함 고여
귀가 먼저 뜰로 나간다.

잔잔한
물결 소리 같은
발소리가 들린다.

햇살이 고요하게
씻어 헤운 가지 끝에

막 피어난 진달래꽃,
어머니가 웃고 있다.

접혀진
내 몸 한쪽이
반가움에 확 펼쳐진다.

연필

1
칼날이 내 몸속을
빠르게 지나간다.

살점 한 겹 벗겨지고
또 한 꺼풀 벗겨져도

다만 난 모난 생각을
동그랗게 다듬는다.

2
순백의 종이 위에
홀로 내가 놓여 있다.

누군가 날 들어 쓴
둥근 문장 환해지고,

어느새 그 빛나는 문장,
만월 하나 띄운다.

제 5부

눈이 온다, 눈!

순한 빛의 하얀 소년들,

환하게 내려온다.

나무들 깜짝 놀라

두 손 꺼내 받들고 있다.

저 풍경

액자 속에 넣어

내 어둔 벽에

내건다.

이렇게 환한 날에

검은 밤 하얀 조각배 마당 위에 정박해 있다.
얇은 숨 멈춰서야 빈 몸으로 오른 여자.

후드득,
저 어머니가
꽃으로 피어 앉아 있다.

살아서는 집밖 천지 모두 다 파도라며,
스스로 배가 되어 살아온 내 어머니.

뭇별이
와와 뛰어내려
배를 밀며 올라간다.

별들의 발자국 소리 풀밭 위에 소복하고,
거기 살짝 닿기만 해도 팡팡 터져 별빛 환하다.

이런 날
눈물 글썽한 눈,
홀로 빈 방에 남아 있다.

하얀 빛 찔레꽃빛 울 엄마 반달 쪽배.
낮에 나와 하늘 바다 아프게도 흘러간다.

이 슬픔,
활로 휘어져
내게 화살 쏘아댄다.

아버지의 창

나무와
대패 타고

아버지가 날아간다.

유리도
반짝이며

그 뒤를 따라간다.

아버진 하늘가서도
영창 다는
목수다.

사람들
하나하나

또렷하게 보고 싶은지

까만 벽
밤하늘에

창문 내고 별을 켠다.

저 별빛 쏟아져 내리는
아버지의 창
환하다.

동글이 안경

너의 다리 두 손으로
받들어 귀에 건다.

동글동글 동그랗게 살고 싶어 살고 싶어서 동그란 창,
창문 같은 눈에다 너를 끼고 앞산을 바라보는데 세상에,
세상에나 숲길 걷는 저 바람의 맨발까지 다 보인다.

네 눈매,
보름달 닮아

아름답다, 환하게.

눈부시다, 기린

목 빼고 오래 서서
움직이지 않게 되자

너는 돌연 길가 한쪽
가로등이 되어간다.

절대로,
굽히지 않던
긴 모가지 숙인다.

넌 가장 어두울 때
오히려 찬란하다.

눈보라 견디면서
짐승처럼 울기도 하고,

때때로
환하게 빛나는,
지금 너는 눈부시다.

해고 통지를 받다

오늘 문득 카톡으로
받아든 해고 통지,

밧줄 툭, 끊어지며
끝도 없이 추락한다.

찢어진
비닐봉지처럼,
허공에서 나부낀다.

아내의 문자 메시지
"우리 다시 시작해요"

두 눈에 눈물 넘치고,
참았던 울음 쏟는다.

내 통곡
껴안아 주는 별,
빛으로 환히 감싼다.

장난감 자동차

멈출 듯,
멈출 듯이

바퀴가 굴러가요.

얼마나
남았을까요?

내 몸속 사각 건전지.

이 세계
환해질 때까지

달빛 실어
나를래요.

산사

한 송이 연꽃처럼
피어 있는 고운 산사.

섬돌에 쌓인 적막,
바람이 밟고 간다.

저 여자
처마 끝 풍경,
그 소리에서 꽃 향 난다.

어머니의 손

당신의 손
잡을 때마다

손바닥엔 빛이 밴다.

햇발 꽃잎 한 겹, 한 겹

얇게 펴
바른 것 같은

울 엄마
햇빛 도는 손,

깜깜한 사람
감싼다.

노송

더 이상 걸어서는 갈 수 없는 낭떠러지.

거기 문득 섰습니다,
옴짝달싹 못합니다.

내 안엔,
젊은 날 띄운 종이배 아직도 떠 있는데…,

발가락은 울뚝불뚝 거칠게 드러납니다.

아는 것도 가진 것도
바이없는 빈 배의 길.

그 길을,
쭉 따라가면 청년 하나 보입니다.

지금껏 손가락 사이 연필 잡고 있습니다.

하늘빛 바람 소리
새소리 받아 적으면

내 늙은,
손끝에서도 수천 솔꽃 핍니다.

새는

바람보다 가벼워야
창공을 날 수 있다.

사뿐히 바람 타고
날아가는 새 한 마리.

세상이 짓누른다 해도
가벼움으로 비상한다.

구름보다 자유로워야
하늘을 날 수 있다.

흰 구름 뚫고 올라
날아가는 새 한 마리.

세상이 암만 옭아매도
무한 자유로 비행한다.

폭우
— 어느 주점에서

저놈 보소 저놈 좀 보소,
헐레벌떡 뛰어나가는.

 단 한 번 전화벨도 울리지 않았는데 손전화 급히 들고
여보세요, 여보세요 외치며 소리치며 잽싸게 빠져나가는
저놈 보소 저놈 좀 보소. 화장실 들어가서 영영 소식 없는
놈, 죄 없는 신발 끈만 옭매고 동여매며 시간 질질 끄는 놈,
겉으로는 해탈한 듯 태연하게 천연스럽게 그냥 저리 나가
는 놈, 술값 혼자 다 낸다고 큰소리치던 이놈 글쎄 계산대
앞에서는 아이고 이리 비틀 어이구 저리 비틀 만취한 척
얼빠진 척 헛소리만 늘어놓는데… 저놈 저 꼴 이놈 이 꼴
말없이 바라보던 빈 술잔들 바닥으로 나뒹굴면서 웅성웅
성 떠들어댄다. 저놈 보소, 저놈들 보소.

 갑자기,
 앞이 안 보이는
 세찬 폭우 쏟아진다.

부러진 의자

계단 아래
의자 하나,

쓰러진 채 누워 있다.

가만히
들여다보면

늙고 병든 울 아버지.

바닥에
가득히 쌓인
울음소리 쓸어낸다.

오후가 반짝일 때

붉나무 단풍 들어
오후가 붉게 물들 때,

나는 곱게 물든
친구에게 전화를 건다.

친구여,
불타는 산이여!
내 가슴도 타고 있다.

가을 햇빛 눈부시고
오후가 반짝일 때

나는 그리 빛을 내는
친한 벗과 통화한다.

손에는,
단풍 번지고
나도 붉게 반짝인다.

어느 푸른 밤

쨍강쨍강
새가 운다,

쏟아지는 날선 칼들.

공중에 박힌 발자국
남김없이 도려낸다.

한순간
쉬지도 않고,
허공의 자국 없앤다.

저 새가
오려내던

칼날을 손에 쥐고,

지금껏 걸어오며
남긴 자국 오려낸다.

내 흔적
사라져 텅 빈 곳,
푸른 달빛 자란다.

어미 늑대

정글에서 나는 지금
위험한 짐승이다.

오지 마라, 오지 마라.

내 새끼
있는 곳에.

틈 없는
우리 사이엔
뜨거운 숨 붙어 있다.

잔혹이 무자비가
이빨에서 자라난다.

절대로 넘지 마라,

내 영토
이 경계선을.

단 한 번
물어뜯어도,
넌 끝장일 테니까.

새와 달

달로 가는 비행기가
공중으로 날아오르자

훌훌 긴장 벗으려고
어깨들이 출렁인다.

바다 위
가로지르며,
항공기가 날아간다.

구름 속 지나가자
사람들은 새가 되고,

훨훨 달로 날아올라
멀리 멀리 비행한다.

어느새
저 둥근 달도
날개 치며 함께 난다.

해설

/

'새'이미지를 통한 風情과 절정의 생태학적 상상력

_이지엽

■해설

'새'이미지를 통한 風情과
절정의 생태학적 상상력

이지엽

경기대 교수 · 시인

배우식 시인의 작품에는 '새'의 이미지가 많이 등장한다. 새는 다리가 둘이어서 걸을 수도 있지만 날 수도 있다. 오래전부터 '새'는 하늘을 자유로이 유영하는 것 때문에 사람들은 이를 동경하기도 하고, 이루지 못한 꿈을 새에 이입하기도 했다. 이를테면 이룰 수 없는 소망을 실현시킬 수 있는 상징물로서 새의 의미를 파악했던 것인데, 배우식 시인의 경우도 크게 다르지는 않다. 시인의 경우는 새의 이미지가 단독으로만 쓰이지 않고, 생태학적 상상력과 만나기도 하고 변용 · 확장되어 나타나기도 한다. 이글에서는 이러한 양상을 살펴보고, 시인이 이를 통하여 궁극적으로 구현하고자한 문학적 지향점을 살펴보고자한다.

1. 빛의 에너지 저장창고와 실현 매개체로서의 새

어떻게
알았을까?

당신 몸 비밀번호.

산새가
콕콕 누르자

철커덕, 네가 열린다.

안에는
달빛만 한 접시,

보는 눈 가만
환해진다.

—「달빛 한 접시」 전문

    일차적으로 새는 인간과는 구별되는 영역에서 초자연적인 힘을 가진 존재로 설정된다. "당신 몸"은 대자연 자체를 말한 것일 게다. 대자연은 어둠이 들면 그 자체로 하나의 커다란 몸집이 된다. 사물의 구분을 두지 않고 어둠으로 한 몸이 되어버린다. 어둠의 커다란 덩치가 된 당신 몸의 비밀번호를 산새가 '콕콕' 가볍게 눌렀을 뿐인데 대자연은 '철커덕' 큰 반응을 보인다. 달이 떠오르고 일시에 참았던 숨이 쉬어진다. 환해진다. 이 변화를 주도하는 것은 다름 아닌 '산새'의 콕콕거림이다. '산새'는 말하자면 어둠의 세계에서 빛의 세계로 전환 시키는 에너지 저장창고인 셈이다. '산새'는 콕콕거림에서 시작하지만 "수천 날개"로 날아오르기도 한다.

허공 걸어, 걸어 들어간
한 사람의 굴참나무.

산새들 날아오자 심장이 고동친다.

한순간
설렘을 돌아

돋아나는
수천 날개.

내 손은 바람이 되어
저 나무 새 밀어 올린다.

파란, 파란 날갯짓 소리 공중에서 펄럭인다.

아버지…
소리쳐 부른다.

반짝! 빛나는
새, 파란.

—「새, 파란」전문

「새, 파란」이라는 작품은 다수의 중의적의미가 내포된 작품
이다. 새롭다는 의미의 '새'와 동시에 날개를 가진 새의 의미를
동시에 내포하고, '파란'은 波瀾의 뜻과, 색감으로서의 파랑다의

뜻을 동시에 내포하고 있다. 波瀾 또한 잔물결과 큰 물결, 순탄하지 아니하고 어수선하게 계속되는 여러 가지 어려움이나 시련, 문장의 기복이나 두드러지게 뛰어난 부분을 나타내는 복합적인 의미를 지니고 있다. '새파란'으로 하면 단 한가지로 굳어지는 생각뿐이니 중의적의미로 독자의 상상력을 넓히려 한 것은 충분히 짐작해 볼 수 있는 부분이다. 작품 안의 내용도 그만큼 활달하다. "한 사람의 굴참나무"와 직접적인 연관을 맺는 것은 '아버지'일 것이다. 그 굴참나무 속으로 걸어 들어간 주체는 시적화자로 읽혀진다. 시적화자는 그 굴참나무로 "산새들 날아오자 심장이 고동친다."고 말한다. '산새'는 생의 에너지를 불러일으키는 생명성을 지니고 있는 존재다. "파란, 파란 날갯짓 소리"는 삶의 활력을 일으키는 역동적이고 시각과 청각이 어우러진 공감각적인 표현이다.

1
이 가을 태풍 마이삭,
홀로 견딘 여인 한 사람.

쫄딱 젖은 몸을 털고
손끝에서 화염 돋운다.

켜졌다,
꺼지는 불꽃
가을비 또 쏟아진다.

2
눈길 주어 뜨겁지 않은
사람 또 어디 있을까?

아내의 눈 속에다
열렬 홍학 넣어준다.

마침내,
홍학 날아올라
불꽃 다시 피운다.

                            —「열렬한 칸나」 전문

    이 작품에 나타난 새의 이미지는 '홍학'이다. 홍학은 몸빛은 푸른 백색에서 분홍색까지 다양한데 날개 끝은 검고 부리와 다리는 붉은데서 연유한 이름이다. 몸의 길이는 90~120cm로 그리 크지 않은데, 목과 다리가 길고 발에 물갈퀴가 있다. 여러 마리가 떼를 이루어 물가에 사는데 필자는 싱가폴 주룽지 공원에서 군락을 이루며 사는 홍학 떼의 장관을 보고 감격한 나머지 이를 그림으로 그린 적이 있다. 시적대상은 '칸나'인데 이 식물적 이미지를 '홍학'의 동물적 이미지로 바꾸고 있다. '칸나'가 정태적 이미지라면 '홍학'은 동태적 이미지다. 날아오르면서 "불꽃 다시 피"우는 뜨거운 사랑을 지닌 강력한 매개체로 시인은 '홍학'의 이미지를 가져왔다고 볼 수 있다.

2. 자연환경 파괴의 비판자로서의 '새'

그러나 '새'는 희망이나 미래를 위해 비상하지 못하는 경우도 존재하게 된다. 바다의 기름 유출 사고로 자연이 심각하게 훼손되는 상황을 우리는 과거의 경험을 통하여 이미 목도한 바가 있다.

원유를 쏟아 붓는
악마 같은 탱커 선장.

온몸에 검은 기름
뒤집어쓴 저 바닷새.

노도는
흰 거품 물고,

쏴아, 쏴아 절규한다.

남몰래 합성수지
내던지는 새까만 손.

콧속에 플라스틱
빨대 박힌 바다거북.

천둥은
아우성치고,

물고기 떼 울먹인다.

— 「이 바다가 바다인가?」 전문

"온몸에 검은 기름/ 뒤집어쓴 저 바닷새."는 환경오염으로 죽어가는 바다의 상황을 잘 보여주고 있다. 문제는 사고를 위장한 교묘한 술책으로 "원유를 쏟아 붓는/ 악마 같은 탱커 선장"들이 존재한다는 사실이다. 그러나 심각한 것은 여기에서 그치지 않는다. "남몰래 합성수지/ 내던지는 새까만 손"들이 있기 때문이다. "탱커 선장"은 이해관계자라고 할 수 있지만 "새까만 손"은 부지불식간에 만연되어 있는 우리 자신들을 지칭하고 있다. 우리 스스로가 소중한 자연을 망치고 있는 현실을 시인은 강도 높게 비판하고 있는 것이다.

앞으로 갈 수 없고 뒤로도 갈 수 없는
여기가 어디냐고 나는 지금 울부짖는다.

아득한 해안 절벽을
버티는 두 발 쓰리다.

하도 아파 얼떨결에 노랗게 꽃을 피운다.
벼랑에서 피는 꽃이 젤 곱다고 말하지만,

그 말은 말짱 거짓말,
이렇게도 처절한데.

그래도 난 괜찮다, 바닷새 바라볼 때,

그때 잠깐 새가 되어 날갯짓도 하곤 한다.

안부를 묻는 바람에겐
눈물 한 잔 건넨다.

—「갯씀바귀」 전문

「갯씀바귀」에도 '새'가 등장한다. "바닷새 바라볼 때,/ 그때 잠깐 새가 되어 날갯짓도 "한다는 것이다. 여기서의 새는 핍진한 현실을 벗어나가 위한 탈출구로서의 역할이다. 시적화자는 "앞으로 갈 수 없고 뒤로도 갈 수 없는"존재를 그린다. "아득한 해안 절벽"에 노란 꽃을 피우는 '갯씀바귀'다. 뿌리줄기는 옆으로 길게 자라면서 가지를 치고 잎이 달리는데 잎은 어긋나고 잎모양은 심장 모양으로 두껍고 손바닥 모양으로 3~5갈래로 깊게 갈라져 희미한 톱니가 있는 갯씀바귀. 시인은 이 갯씀바귀의 상황과는 대비되는 상관물로 '바닷새'를 가져온다. '바닷새'는 '날갯짓'하며 자유로움을 구가하는 존재로서, "아득한 해안 절벽을/ 버티는" 갯씀바귀에게는 "잠깐"이라도 귀의하고 싶은 이상향이라고 볼 수 있다. 우리는 어렵지 않게 갯씀바귀가 처한 상황이 「이 바다가 바다인가?」의 환경파괴와 어우러지면서 해안 절벽에서 버티지 못하게 하는 악조건으로 치달아 감을 어렵지 않게 유추해볼 수 있다.

3. '별'과 '무지개' 등 확장 · 변용의 새 이미지

새의 이미지는 '새'로 고정되는 것이 아니라 확장되고 변용되어 나타난다. 가장 빈번하게 나타나는 것은 '아버지'다.

1004호 병상에서
곤히 잠든 내 아버지.

투명 날개
침대 밖으로

슬몃 뻗고 날갯짓한다.

화다닥,
갑자기 피어난
두 날개가 하늘 난다.

창백한 내 얼굴도
그 뒤를 따라간다.

아직도 눈에서는
눈물 펑펑 쏟아진다.

밤하늘
콕 박혀있는 별,
아버지가 반짝인다.

—「별」 전문

아버지는 병원에서 아주 깊은 잠에 드셨다. 그 꿈속일까. "투명 날개" "슬몃 뻗고 날갯짓"하기 시작한다. 그래서 결국에는 "화다닥/ 갑자기 피어난/ 두 날개가 하늘"을 나는 존재로 변모하는 것이다. 죽음의 세계로 진입한 아버지가 '새'로 환생하고 있는 것이다. 아버지는 '새'가 되어 하늘로 날아오른다. 그리고 드디어 밤하늘에 반짝이는 '별'이 된다. 새의 이미지가 다시 '별'로 확장, 변용되고 있는 것이다.

순서대로 초록, 파랑,
남색, 보라 물들인다.

비 그친 후 차례대로
가만가만 불어본다.

하늘로
올라가는 기차,
일곱 빛깔로 줄 서 있다.

— 「무지개」 둘째 수

이 별의 이미지는 「무지개」에서는 "하늘로/ 올라가는 기차", 곧 '무지개'로 대체되기도 한다. '별'이나 '무지개' 역시 '새'처럼 우리가 도달할 수 없는 생명성을 지닌 존재로 나타난다. '새'의 이미지와 '별', '무지개' 이미지가 다른 점은 전자가 유한한 생명체임에 비하여 후자는 영원성을 지닌 존재라는 점일 것이다.

검은 밤 하얀 조각배 마당 위에 정박해 있다.
얇은 숨 멈춰서야 빈 몸으로 오른 여자.

후드득,
저 어머니가
꽃으로 피어 앉아 있다.

살아서는 집밖 천지 모두 다 파도라며,
스스로 배가 되어 살아온 내 어머니.

뭇별이
와와 뛰어내려
배를 밀며 올라간다.

                                        —「이렇게 환한 날에」첫째, 둘째 수

　　어머니의 아픈 생애를 형상화하고 있는 「이렇게 환한 날에」
라는 작품에서는 "살아서는 집밖 천지 모두 다 파도라며,/ 스스
로 배가 되어 살아온" 시적화자의 어머니를 "뭇별이/ 와와 뛰어
내려" 배, 곧 어머니를 밀며 올라가는 것으로 그려져 있다. '뭇
별'이나 '배'의 이미지도 '새'의 확장이미지로 읽히지만 어머니와
동일시 되고 있는 '꽃'은 물론 '검은 밤 하얀 조각배'의 이미지도
'새'의 확장이미지로 해석해 볼 수 있다.

　　집착의 뼈, 욕망의 살 훨훨 다 날려버리고 한마디 말도 없이 무심의 그
　　바다로 물이 되어 흘러간다.

일체의 번뇌 망상 사량 분별 텅텅 비운 저 바다는 거울로 누워 솔솔솔 솔 바람이 솔나무 숲속에서 늦가을 밤하늘로 아득히 날아올라 작은 별 하나 하나 깨끗하게 닦아내는 환한 풍경 담고 있다.

별들이 전원을 켜고 빈 바다를 밝힌다.

―「무심의 바다」 전문

이 사설시조에서 "밤하늘로 아득히 날아"오르는 '작은 별' 또한 새의 이미지 확장이라고 해석할 수 있다. 중장에서는 이 확장 과정이 잘 나타나고 있는데,

번뇌 망상 사량 분별 텅텅 비운 저 바다→거울로 누움→(솔나무 숲속 솔 바람 → 밤하늘로 날아오름→ 날아올라 작은 별 깨끗하게 닦음)→ 바다 가 이 환한 풍경 담음

단계를 이루며 촘촘하게 형상화되고 있음을 볼 수 있다. 말 하자면 배우식 시인은 새의 이미지와 새의 이미지 확장을 통하 여 자신이 추구하고자하는 문학적 지향점을 줄기차게 실천해가 고 있는 시인이라고 볼 수 있다.

4. 風情과 평화와 절정의 생태학적 상상력으로서의 새

'새'이미지는 단독으로 쓰이는 경우도 있지만 대부분 생태학 적 이미지와 같이 쓰이면서 생명성의 원형을 제공하는 역할을 하고 있음이 주목된다. 「달빛 한 접시」, 「새, 파란」, 「열렬한 칸

나」 등의 작품도 모두 이에 속하는 작품이라고 볼 수 있다.

　아버지가 새를 입고
　숲속으로 걸어간다.

　아무런 말도 없이
　그 모습 바라본다.

　저분이
　남겨놓고 간
　발자국 같은 깃털 하나.

　마지막 뒤돌아보고
　아버지 날아간 후

　나는 한 개 깃털 되어
　빠끔히 하늘 본다.

　큰 울음,
　터져 나오려고
　나 흔들리며 출렁인다.
─「은빛 깃털」 전문

　"아버지가 새를 입고/숲속으로 걸어간다."에는 두 개의 의미
가 숨겨있다. 하나는 '새'의 이미지가 자연스레 '아버지'의 이미
지로 확장되었다는 것이고 다른 하나는 새가 숲으로 들어가 생
태의 원형 속에 자리 잡았다는 것이다. 그냥의 '새'가 아니라 '숲

과 공존하는 새를 상정하고 있는 것이다. 바로 이 지점이 시인이 추구하는 문학적 지향점이라 할 수 있다. 시인이 애써 '새'의 이미지를 끌어 오면서 시적화자인 나는 그 새가 남긴 "한 개 깃털"일 뿐이다. 숲의 지극히 작은 일부로 파악하면서 "큰울음"에 순응하면서 흔들리는 자아를 그려내고 있다. 중요한 것은 그 새가 '숲'을 지향하는 생태학적 이미지를 가지고 있다는 점이니, 시적화자가 "한 개 깃털"이나 "흔들리며 출렁"거려도 그것은 큰 문제가 되지 않는다.

더 이상 걸어서는 갈 수 없는 낭떠러지.

거기 문득 섰습니다,
옴짝달싹 못합니다.

내 안엔,
젊은 날 띄운 종이배 아직도 떠 있는데…,

발가락은 울뚝불뚝 거칠게 드러납니다.

아는 것도 가진 것도
바이없는 빈 배의 길.

그 길을,
쭉 따라가면 청년 하나 보입니다.

지금껏 손가락 사이 연필 잡고 있습니다.

하늘빛 바람 소리
새소리 받아 적으면

내 늙은,
손끝에서도 수천 솔꽃 핍니다.

—「노송」 전문

　이 작품에도 '새'와 동시에 생태학적 상상력이 근간을 이루고
있다. 시적화자도 이젠 아버지처럼 나이가 들었다. 노송인 시적
화자는 "발가락은 울뚝불뚝 거칠게" 드러나고 "아는 것도 가진
것도" 없는 "빈 배의 길"이 되었는데 「은빛 깃털」에서 "아버지가
새를 입고/숲속으로 걸어"가듯 시적화자 역시 '노송'의 옷을 입
고 '새소리'에 감응하여 젊음의 기운을 회복하게 됨을 보여주고
있다. 시적화자의 손끝에서 피어나는 "수천 솔꽃"은 시적화자가
지향하는 구체적 표징물의 하나라고 볼 수 있다.
　마찬가지 이유에서 사설시조 「뿔난 손」에서 "불끈 쥔 돌주먹
에 노기가 가득 차올라 짐승 그린 저 종이를 때리고 두들기고
박박 찢"던 손이 "주먹을 펴고 연꽃 하나 피"우는 것도, 새의 의
미지가 '연꽃'이미지로 확장되고 있는 것을 보여주고 있다고 볼
수 있다. 이 '연꽃'이미지는 화해와 평화를 지향한다고 볼 수 있다.
　모두에서 우리는 어둠에서 빛으로 전환하는 에너지 저장창
고가 '새'임을 살폈다. 이 빛의 세계는 궁극적으로 과연 어떤 세
계를 지향하고 있는 것일까. 이를 구체적으로 살필 수 있는 작
품이 여기에 있다.

순한 빛의 하얀 소년들,

환하게 내려온다.

나무들 깜짝 놀라

두 손 꺼내 받들고 있다.

저 풍경

액자 속에 넣어

내 어둔 벽에

내건다.

— 「눈이 온다, 눈!」 전문

눈이 내리는 것을 소년들이 내려오는 것으로 나무 위에 쌓이는 것을 두 손 꺼내 받드는 것으로 그려내고 있다. '소년들'과 '나무들'을 꾸미는 수사가 묘미가 있다. "순한 빛의 하얀 소년들"이니 사회의 악의에 물들지 않은 그만큼 순수하다는 것이다. 나무들이 깜짝 놀라는 것은 "순한 빛의 하얀 소년들, 환하게 내려"와 나무 주변이 눈이 부실 정도로 밝아졌기 때문일 것이다. 나무는 황송해서 어찌할 바를 몰라 "두 손 꺼내 받들"어 모시고 있는 것이다. 단시조 한 편이 이렇듯 風情이 있고 따사하면서도 포근하다면 그것으로 충분하지 않은가. 이 風情과 따사함의 세계 역시 시인이 여일하게 추구하는 문학적 지향점임을 의심할 필요가 없다.

가지 끝 문을 열고
붉은 꽃 걸어 나온다.

사월의 하늘 아래 활짝 핀 진달래꽃, 빨갛게 불타오르는 저 여자가 산 한 가운데 성냥 확 그어댄다. 온산에 불이 붙어 꽃불이 타오른다.

저 꽃불
내 언 몸에도
옮아 붙어 타오른다.

— 「진달래, 진달래꽃」 전문

「열렬한 칸나」에서 보인 '홍학'의 이미지가 여기서는 '진달래꽃'으로 타오른다. "온산에 불이 붙어 꽃불이 타오"르고 "내 언 몸에도/ 옮겨붙어 타오"르는 '꽃불'은 '칸나'나 '홍학'의 연장 위에 있다. 시인의 문학적 지향점은 '언 몸'을 달구면서 정진하는 진지함, 곧 자신이 '꽃불'로 타오르더라도 세계를 밝힐 수 있다면 족하다는 "절정을 추구하는 문학의 진정성"이라고 볼 수 있다.

요컨대 배우식 시인은 새 이미지를 통해 그냥의 '새'가 아니라 어둠에서 빛으로 전환하는 에너지 저장창고로서의 '새'임을

전제한 뒤 '숲'과 공존하는 생태학적 이미지를 가지고, 손끝에서 피어나는 젊음과 자유 지향의 "수천 솔꽃"과 화해와 평화 이미지인 '연꽃'이미지를 추구하고 있다. 동시에 사회의 악의에 물들지 않는 순수함으로 風情이 있고 따사한 세계를 지향하면서 "칸나', '홍학', 꽃불'의 열정 위에 절정의 진정성을 을 향해 매진하는 문학적 지향점을 보여주고 있다고 볼 수 있겠다.

배우식 | 충남 천안 출생. 2003년 ≪시문학≫ 신인상으로 등단하였으며, 2009년 조선일보 신춘문예에 당선되었다. 중앙대학교 예술대학원 문학예술학과에서 석사 학위를 받고, 일반대학원 문예창작학과에서 문학박사 학위를 받았다. 시집으로『그의 몸에 환하게 불을 켜고 싶다』, 시조집으로『인삼반가사유상』, 현대시조100인선으로『연꽃우체통』, 문학평론집으로『한국 대표시집 50권』(공저) 등이 있다. 시「북어」가 2011년부터 고등학교 국어 교과서에, 2019년부터 중학교 국어 교과서에 수록되고 있다. 2004년 문예진흥기금 문학창작지원 대상자, 2013년 서울문화재단 지원 대상자, 2019년 아르코문학창작기금 지원 대상자로 선정되었다. 제7회 수주문학상, 제1회 중앙대문학상 청룡상을 수상하였다. (사)열린시조학회 회장과 계간 ≪정형시학≫을 창간하여 주간을 맡았다. 지금은 중앙대문인회 사무총장, 문학아카데미시인회 회장 등을 맡고 있으며, ≪중앙대문학≫ 주간을 맡고 있다. 현재 중앙대학교에서 '시와 시조 창작법'을 강의하고 있다.

고요아침 운문정신 039

이렇게 환한 날에

초판 1쇄 인쇄일 · 2021년 03월 31일
초판 1쇄 발행일 · 2021년 04월 10일

지은이 | 배우식
펴낸이 | 노정자
펴낸곳 | 도서출판 고요아침
편 집 | 정숙희 김남규

출판 등록 2002년 8월 1일 제 1-3094호
03678 서울시 서대문구 증가로 29길 12-27 102호
전화 | 302-3194~5
팩스 | 302-3198
E-mail | goyoachim@hanmail.net
홈페이지 | www.goyoachim.net

ISBN 979-11-90487-97-9(04810)

*이 도서는 한국문화예술위원회의 2019년도 아르코문학창작기금 지원사업에 선정되어 발간된 작품입니다.